El árbol
de los pecados

El árbol
de los pecados

Sonia Murciano

Índice

Los jardines de Dios

Cómo diamante, oro y perla

brilla la tierra.

Así fue creada misterioso surgir

así fue creada.

La cascada de amor de Dios su morada

Morir

Morir, al final del camino una luz se apaga,
desaparecer la vida se extingue.

El alma, la llama de la vela consumen,
palpitaciones el ser vuelve a la madre tierra.

El seno de la madre infinita cual raíz del árbol
del sauce, acoge los cuerpos yacentes desaparece.

Donde hubo vida queda el polvo del ser que
anduvo, su historia, sus azañas perdidas en los
brazos de la madre querida.

Madre tierra que de ti venimos a ti llegamos
en tus entrañas encontramos.

Desde lo alto veo

Desde lo alto veo hombres trabajar

Un mundo laborioso se despliega

Bajo la luz de la divinidad.

La cumbre con su aspero aire de sones.

La cima toca el cielo y lo une a la tierra, la ladera con el hombre.

Desde lo alto veo los hombres trabajar.

El cuervo

Dulce pájaro maldito, de negro plumaje.
Corazón rojo y azabache

Descubriste el mundo humano en nuestras manos
cuando aquel día nos encontraste.

Crog te llamamos y así te marchaste

Donde los cuervos vuelan volaste.

Vuela alto donde tus hermanos.

Tengo una casa

Tengo una casa en la aldea, blanca y azul, griega.

Casa pequeña con diez gatos en la puerta, con perros que corren cerca.

Mi casa es pequeña, pero con biblioteca, con vistas a la montaña.

Con vecinos alados y ciervos en berrea.

Mi amor

Mi amor es caballero hermoso

De reluciente armadura que me protege en la
andadura.

Es señor de condados de puro amor dados

Reluciente flor de lis en la solapa noble caballero

de bondad Y ternura alteza.

Mi amor no tiene maleza ni odio es corazón puro

Perfecto en dones mostrando el Cándido puro oro
bordado, mi angel alado.

Ideal de amor

Siento el amor esencia perfumada

cómo agua clara.

Palpitar de hombre antiguo, el querer nuevo.

Alimento de los seres terrenales a ti que con tu
ausencia muero.

Sonia Murciano

Casamiento

En mi vida elegí unirme a ti.

Puedo ver horizontes contigo más allá

de la muerte y siempre con vida
porque gracias a ti vivo.

La Rosa

Una rosa para ti

Rosa de miel perfumada

Con una gota de mirra en su ser.

Una rosa que prenda como vela eterna

entre dos mundos de amor profundo

rosa de amor verdadero.

Rosa pequeña, rosa lozana que pueda llevar
en mi seno, rosa prendida para mi.

Geoda

En lo alto de un tejado había un regalo.

Roca rota de corazón acristalada

En ti veo los destellos de un Dios bello.

Dios de rocas rotas, cuarzos, malaquitas

Vemos tu interior de cuarzitas.

Regalos de Gea la madre tierra.

Amor Eterno

Nunca te vi pero se de ti

De tus abrazos largos, eternos

De tu corazón puro, de tu amor…

Cuantos días han pasado desde nuestro

encuentro, muchos días no borran la pasión

de tus manos en mis caderas, tu recuerdo todos

los dias .

Quizás la eternidad sea mi soledad

tu recuerdo vive en mi todavía expreso
aquello que me diste,
aún siento la lluvia de estrellas bañar mi rostro.

Sentir, recordar, amar ese es nuestro destino.

Cientos de conejos

Barrotes de hierro que sostienen pequeños
conejos blancos.

La vida entre la muerte para la humanidad
hambrienta, la humanidad ignorante.

Conejitos blancos, conejitos negros tiene

en los ojos el miedo.

Soledad

Soledad no encuentro la hora de entregarme a tu abrazo mudo.

Personas van y vienen, nuestras vidas solitarias con seres que nos aman y así los días pasan en soledad.

Soledad de oír el leve murmullo al pasar.

Soledad no es tal pues es de estar bien acompañado encontrarse a uno mismo solo, desnudo frente al mar.

Soledad en un tumulto de pensamiento con ideas.

Sensibilidad de encontrarse solo sin máscaras, ni

Hipocresía, ni falsedad

Soledad…

Bajo el signo de Lilith

Maldita, bendita forma corpórea

Humana primigenia.

El agua se desliza por tus piernas fértil mirada condenada a transitar en la vida ondular en el caminar.

Sinuosos parajes cosidos el talle tirabuzón negro azabache, hoy la luna negra hoy la estrella.

Es un estéril flujo de mujer creadora, etérea de labios rojos que excitan tus formas de arcilla divina

Hermana de Eva.

Madre Divina

Estrella en la noche

Lucero del Alba

Hermosa dama sentada en la cúpula estelar

María bondad infinita, tus labios perfectos

Susurran cantos de amor verdadero

Mece mi alma dormida dolorosa en calma

Sentir

Sentir bendiciones mi espíritu sentir

Llorar lágrimas de cristal y llorar

entre espejos soñados llorar

Y aveces reír cantando a la vida

La vida que se nos va.

Mil flores

De mi vientre estéril mil flores hay.

El jazmín perfuma mi útero vacío

De oro y plata unido de perlas todo tejido.

Mi corazón una cascada en mis entrañas,
presiento nace en mi un cálido aliento

Sonia Murciano

El Nogal

Nogal erguido en la huerta de María

Donde el manzano crece, el espino

El almendro. Ladeado su tronco oscila
y parece vencido, tumbado en tierra
donde crecen sus ramas y tapan la huerta

Verde frondoso de olor fresco de oro de otoño y
antes de perder sus hojas

Sus frutos.

Raíces entrelazadas, salpicadas de tomillo
esta es su casa.

Dolor del alma

24

Corona de espinas, cirios iluminan mi corazón
herido, mis ojos secos como mi corazón, mueren

Traspasa espíritu cansado miles de cuchillos, es la
noche oscura del alma. Donde el ánima rota vive.

Sonia Murciano

La princesa estaba llorando

En la mejilla de la princesa
una lágrima se deslizaba al suelo caía,
la tierra mojaba y una flor brotaba.

Lágrimas como perlas nacaradas, un río formaban.

El río manaba de los ojos
que como joyas brillaban.

Cuando la princesa seco sus ojos añil violeta,
las flores cubrían la montaña,
flores hechas de perlas

Brillantes como joyas de los ojos de la princesa.

Viento

Tintineo de hojas música del aire, al pasar toca notas en los árboles, el aire nadie sabe dónde va, donde deja de ser aire para convertirse en viento.

El aire cabalga entre los valles y se lleva las penas, más aveces trae desgracias todo depende del genio del viento.

Genios del norte lleva vientos con soles, genio del sur amor voluptuosos del este y oeste son los genios del desacuerdo de los amores no comprendidos.

Viento revoltoso trae la gracia del amor poderoso, para poder ir tras de tu estela blanca.

Sonia Murciano

El abandono

Parias de la tierra van caminando
descalzos en el polvoriento suelo,

Nunca llegan a ningún destino su miseria
les obliga a andar sin descanso sin amparo,
el mal les acecha,
son los desamparados del mundo.

Pensamientos

Un recuerdo de la infancia abandonada

la sonrisa y una mueca de lo ya pasado

Aquellos felices años tornaron
tristes como arrugas

de lo vivido piel de pergamino anciano,
tan ajado consigo entender la triste anciana alma.

Sonia Murciano

Cuando el amor desaparece

Amor, amado, ya olvidado

Tanto te ame que mi vida enlazaba sus raices
en tu poderoso ramaje, las que tu cortaste
con cuchillo y navajas, lo que tú quemaste
agonizando mis sentidos estaba

Puede tornar un amor tan dulce en tanta violencia

Quizás nunca amaste mis manos blancas,
quizás nunca pensaste en el amor eterno.

Beso

En la frente casto beso de madre apasionada,
y un beso en los labios de furtivo amante

Besos en las manos de admiración secreta todos
los besos yo te daría si tú me quisieras.

Sonia Murciano

El becerro del sol

La vaca brava fue toreada, todos los niños mirábamos como al final la vaca fue desangrada, y de sus entrañas nació muerto un becerro negro como su madre.

El sol en ese instante iluminó el becerro muerto y a su madre la

Vaca brava que no pudo cuidarle.

Mil flores

De mi vientre estéril mil flores quedan. Jazmín
perfuma mi utero vacio de oro y plata unido,
de perlas todo tejido.

Mi Corazón una cascada que maná en mis
entrañas de azul y añil.

Deseo sentir.

Dolor del alma

Corona de espinas, cirios iluminan mi corazón
herido.

Traspasa espíritu cansado, miles de cuchillos,
es la noche oscura donde el ánima brota
ahí mi alma rota vive.

La rama de Almendro

Abre los ojos, mira las piernas que te abrazan
y las ramas que abarcan tus pechos en la cresta
de las sábanas ahora, mira como está erguida

La rama de mi almendro florecida

Con tus pétalos blancos, tu flor con su néctar
unifica el triunfo de tus labios.

Flor

La bella flor que mis días alegra pétalos
de seda tejidos las ramas quedan.

Bella flor cómo perlas de rocío sus pétalos quedan

Abre tus pétalos de seda.

Hermano ciervo

35

Era de noche y cantabas el eco devolvía hermosas
baladas, cantadas a tus damas

Desde lo alto en los llanos cantabas, la luna en tus
cuernos.

Los cazadores fueron a buscarte tu canto callaron
en los bosques donde la luna te recuerda.

Pino resineros

Naturaleza doliente, de troncos desgarrados
por donde maná la savia como sangre ardiente.

Los hombres os clavan hierros, cántaros de savia

Así pasáis la vida dando vuestra ánima
para el resinero trampero de los pinos resineros.

Padre árbol

En mitad de un prado lejano, un robusto árbol
presidía.

Pino grande, en el pueblo era llamado viejo pino.
Pero aquel árbol era mucho más que un pino,
era el mágico árbol del bosque

Era un árbol herido, atravesado en su madera
por un gran rayo , dejo cicatriz en tronco recto.

Era un árbol de muerte y era un árbol de vida

Vida que surgía desde las mismas piñas.

Pino cantor su voz nos habla del espíritu del
monte.

Segue la vida

Oscuros presagios rodean mis manos

Yo siego la vida de mis hermanos.

Mañana de soles redondos, luceros del tiempo

Mecerse se movían con sus finos troncos hasta los
cielos, pase la mano por ellos y cayeron.

El espino y el pino, la Sabina, el enebro con mi
mano de guadaña murieron.

Que le contaré al árbol viejo, que soy inocente
de esas vidas sesgadas?.

Ojala una espectral mano segará mi vida, para
convertirme así en pino, para volver a mi
inocencia acabada.

Sonia Murciano

Soledad

Soledad de un mundo poblado de signos, señas

De canales de vidas unidas, lejanas, prendidas.

Cuando pienso en el vacío de nuestros días

Una sonrisa se dibuja en mi semblante

Nuestras amigas las máquinas…

Marchita belleza

El rostro surcado de finas arrugas

Triste mirada de labios carnosos con muecas

Ya no soy bella.

Juventus me abandono hace decenios

Pues pertenezco al rango de las mujeres mal queridas.

Surcadas de penas, de tristes ideas, en la cara se escriben vicios, placeres, abandonos

Enfermedades de almas dañadas.

Nada queda para la que ha visto la verdad

de los hombres.

La certeza de un caballero que mire la belleza

Del alma.

Lluvia

En el almendro se desliza por su tronco una

Gota de lluvia.

Como si llorase el árbol, perlas de lluvia dejan

Al almendro acicalado, brillante.

Llueve en su copa menuda, llueve en su paraíso

Amado.

Lira en la noche

Despuntaba el alba, cuando sonó la Lira

Sin armonía.

Notas discordantes, mágicas en un firmamento

Estrellado.

Velas encendidas en un círculo de fuego

Es el corazón del ángel caído.

Sueños

Bajo la Sabina me quedé dormida, dormida
Con mi Kalimba.

Soñaba con conejitos blancos que saltaban
En un mundo etéreo de soles.
Donde los corazones encuentran amores.

Sueño con paraísos moldeados de brillantes
Copas verdes, de hojas de esmeraldas, con
Troncos como divinas trenzas.
Sueño con muchas puertas abiertas donde
Pasan los ángeles alados.

Resurección

De esa noche oscura, el cielo de plomo caía

En mi mente maldita.

Mi hermano el toro en esa noche sin luna moría

Entre navajas y bestias.

Dos almas perdidas que un lazo negro unía.

La muerte arrastraba cadenas, aberrantes

Cantos de borracho venía la muerte presta.

De las garras del buitre me arrancaron

Dime toro bonito quien te dio la mano.

La boda del molino

Novia blanca llevas en tu velo hojas secas,
cenicientas.

Novia bella tu fina piel tatuada con claveles

Negros y en tus cabellos se marchitan dos
Rosas rojas.

Donde esta tu novio esposa?

Solitaria sombra camina vestida de novia

Primorosa y envejecida.

El visitante

Clarea haz de luna en la estancia, ilumina

de plata a un caballero que sentado mira.

Sabe de mi mortal herida, su cabello rojo

Enmarca un blanco rostro de arlequín

Sobrenatural.

Espera una estocada final, una nueva huida

Una caída al vacío, espera ser mi acompañante

de la noche.

Gatos

Ventisca helada atraviesa la vieja casa, fuego
tímido y menudo se va el aliento.

Tendida en el catre, siento hielo en mis entrañas,
la vida se va con el frió en el

desamor de una copa de vino.

Los gatos entran sigilosos, en mi casa rota

Aproximan sus cuerpos finos a mi pobre

Corazón.

Ronronco de placer, cálido aliento felino

me dan la vida en una noche sin destino.

La montaña

Una montaña de granito hecha con esquirlas
Cortantes asciende sin sendero.
Va el caminante despacio, sufriendo en cada
Metro.
La cumbre lejana el viento helado atraviesa,
entumece las entrañas más un repentino sendero
asciende.
Gran montaña blanca helada, alcanzamos cimas
Que no son certeras.

Sonia Murciano

El galgo

Silueta fina atigrado así es el galgo del gitano.

Con el viento corre el galgo, tras la liebre solo o acompañado.

El orgullo del gitano excita envidias en los payos

Recelo del amor que une al galgo y su amo.

El gitano ya no tiene galgo alguien lo ha colgado.

De una soga rota el perro cuelga ya sin amo

Corriendo en otro lado.

El caballo sin jinete

Era un caballo Dorado, era un caballo grande y fuerte, era un caballo sin jinete.

Caballo sin caballero, todo jinete que pretendía montarle caía y maldecían su rebeldía.

Muchos hombres gallardos pretendieron domar

La montura, más el caballo nunca fue montado

Su libertad se la llevó un verdugo que de un golpe

en la testud terminó con su valentía.

El caballo que prefería la muerte en vida antes que servir con su montura.

El corazón de la montaña

Corriendo al compás de la montaña, el corazón
latiendo con fuerza mientras la tierra se agrieta.

Una ráfaga de aire trotando al compás sin temor

Vibra el pinar pueblo a pueblo pasan gentes que

Miran al pasar.

Sonidos apagados por el atronador crepitar de

la tierra universos del corazón

Pájaro cantor

En una vieja jaula desvencijada, el canario canta.

Olvidado en sus paredes entre barrotes

el canario trina.

Alegría en las canciones en sus entonaciones

El pajarillo en el olvido canturrea.

Qué abran las puertas y veas el cielo ahí te
esperan.

Las voces del lirio

Muestra de locura, piensan las gentes es escuchar

voces en la mente.

Pero son las voces de uno mismo entre la

Delgada línea del seso entre la cordura y la

locura.

Voces crueles atormentan el presente de un

Pasado venturoso.

Son las voces de la inocencia.

Potestades

En lo alto de una torre, el filósofo estilista meditaba

El torso desnudo, curtido, esperaba.

Silencioso entre tormentas miraba el ocaso de las nubes negras.

Una ráfaga de viento con niebla envolvió al ermitaño con potestades, ángeles y arcángeles.

Una luz, un rayo iluminó al hombre sedente y otra nube sobrevino a su escuálido cuerpo inerte.

Inmutable el eremita cantaba al Dios de las tormentas.

Canto árabe

55

Tus ojos son dos soles de esmeraldas dos luceros del alma.

De azabache es tu cabello manantial de agua brava.

Gacela morena en tus pies rubis mi dama.

La dama de los helechos muertos

Dama negra vas caminando con la muerte en las entrañas, tu cola de novia maldita secas y siega al árbol, el trébol y el centeno todos mueren cuando te ven pasar.

Dime hermosa dama cual fue tu pecado quien maldijo tus ojos y el que de ti se enamora perece.

Tras la oscura dama camina su hermana la señora de las flores…

La dama de las flores

Entre los helechos muertos camina la blanca dama
de las flores, fragancia de jazmín, colores como
lunas estrella del bosque.

Dime hermosa señora cómo son tus virtudes
quien bendijo tus divinas manos, amores…

www.ingramcontent.com/pod-product-compliance
Lightning Source LLC
Chambersburg PA
CBHW022117150726
47990CB00003B/1395